MARY

MISE, PINGIN AGUS BRUNO

Aistritheoir: Séamus Caomhánach

Comhairleoir Teanga: Pól Ó Cainín

Tógadh agus cuireadh oideachas ar Mary Stanley i mBaile Átha Cliath. Bhí an-díol ar a céad úrscéal, *Retreat* (2001). Scríobh sí na húrscéalta seo freisin: *Missing* (2002), *Revenge* (2003), *Searching for Home* (2005) agus *The Lost Garden* (2006). I bpáirt le New Island foilsíodh *The Umbrella Tree* (2009) agus *The Hijacking of Cassie Peters* (2013) chomh maith leis na nóibhillí *An Angel at my Back* agus *Bruno, Peanut and Me* sa tsraith Open Door le New Island. Tá a lán gearrscéalta scríofa aici, atá le feiceáil i mbailiúcháin éagsúla agus le cloisteáil ar Raidió RTÉ, agus oibríonn sí freisin mar iriseoir agus eagarthóir.

NEW ISLAND *Open Door*

MISE, PINGIN AGUS BRUNO
Foilsithe den chéad uair in 2023 ag New Island
Glenshesk House
10 Páirc Oifigí Richview
Cluain Sceach
Baile Átha Cliath, D14 V8C4
Éire
www.newisland.ie

Cóipcheart © 2023 Mary Stanley
Aistrithe ag Séamus Caomhánach

Tá ceart Mary Stanley mar údar an tsaothair seo dearbhaithe aici de réir Acht Cóipchirt agus Ceart Gaolmhar, 2000.

Tá taifead chatalóg an CIP don leabhar seo ar fáil ó Leabharlann na Breataine.

ISBN 978-1-848408-96-8

Is le maoiniú ón gComhairle um Oideachas Gaeltachta agus Gaelscolaíochta a cuireadh leagain Ghaeilge de leabhair Open Door ar fáil

An Chomhairle um Oideachas
Gaeltachta & Gaelscolaíochta

Gach ceart ar cosnamh. Ní ceadmhach aon chuid den fhoilseachán seo a atáirgeadh, a chur i gcomhad athfhála, ná a tharchur ar aon mhodh ná slí, bíodh sin leictreonach, meicniúil, bunaithe ar fhótachóipeáil, ar thaifeadadh nó eile gan cead a fháil roimh ré ón bhfoilsitheoir.

Arna chlóchur ag JVR Creative, India
Arna chlóbhualadh ag FINIDR, Czech Republic
Dearadh clúdaigh ag Artmark agus New Island

10 9 8 7 6 5 4 3 2 1

A Léitheoir dhil,

Ábhar mórtais dom mar Eagarthóir Sraithe agus mar dhuine d'údair Open Door, réamhrá a scríobh d'Eagráin Ghaeilge na sraithe.

Cúis áthais í d'údair nuair a aistrítear a saothair go teanga eile, ach is onóir ar leith é nuair a aistrítear saothair go Gaeilge. Tá súil againn go mbainfidh lucht léitheoireachta nua an-taitneamh as na leabhair seo, saothair na n-údar is mó rachmas in Éirinn.

Tá súil againn freisin go mbeidh tairbhe le baint as leabhair Open Door dóibh siúd atá i mbun teagaisc ár dteanga dhúchais.

Pé cúis atá agat leis na leabhair seo a léamh, bain taitneamh astu.

Le gach beannacht,

Patricia Scanlan.
Patricia Scanlan

A hAon

Bhí Bruno Little bliain amháin níos sine ná mé. Bhí gruaig dhúdhonn, súile donna agus srón dhíreach air. Dúirt gach aon duine gur bhuachaill an-dathúil é. Nuair a rugadh mé bhí sé aon bhliain d'aois. Nuair a bhí mise aon bhliain d'aois, bhí seisean dhá bhliain d'aois. D'imigh na blianta thart agus nuair a bhí mise seacht mbliana d'aois, bhí seisean ocht mbliana d'aois.

Ba é Bruno Little an duine ba ghreannmhaire, ba chliste agus ba shona ar bhuail mé leis riamh. Ba é an duine ba shuaraí é chomh maith.

Is minic a chuala mé daoine ag rá, "A leithéid de pháiste álainn." Rinne Bruno miongháire go gleoite i gcónaí nuair a dúirt daoine rudaí deasa faoi. Bhí an aghaidh is deise agus an craiceann is áille air. Leathnaigh a bheola i miongháire iontach. Bhí cuma álainn air.

Ach tá daoine ann atá go hálainn ar an taobh amuigh agus níl siad chomh deas ar an taobh istigh. Agus nach agamsa atá a fhios.

Ba dheartháir liom é Bruno Little.

Susan is ainm dom, ach tugann gach aon duine Susie orm. Tá deirfiúr bheag agamsa agus ag Bruno agus Pingin is ainm di.

Is í Penny a hainm ceart. Ach nuair a rugadh í thug Bruno Pingin uirthi agus lean an t-ainm di. Rinne sé iarracht Faithne a thabhairt ormsa. Déanta na fírinne, thug sé Faithne orm, ach níor thug aon duine eile an t-ainm sin orm ach é féin. Ní maith liom aon duine ag tabhairt Faithne orm. Is víreas ar an gcraiceann í faithne.

Dúirt mo Dhaid le Bruno, "A Bruno, ná tabhair Faithne uirthi. Ní deas é."

Dúirt Bruno, "Tá mé á thabhairt sin uirthi as torc na bhfaithní. Is maith liom toirc na bhfaithní."

Dúirt mo Dhaid, "Ó, tuigim."

Measaim go bhfuil sé níos measa a bheith ainmnithe as torc na bhfaithní ná a bheith ainmnithe as faithne, ach ní raibh Daid ar aon intinn liom.

"Ó, tuigim," arsa Daid arís. "Is ainmhithe suimiúla iad toirc na bhfaithní."

"An-suimiúil," arsa Bruno. "Léigh mé fúthu. Tugtar toirc na bhfaithní orthu toisc go bhfuil ceithre starrfhiacail acu agus tá cuma orthu gur faithní iad."

"A Dhaid," a bhéic mé. "Níl starrfhiacla agam."

"Níl, gan amhras," arsa Daid. "Tá do chuid fiacla go han-deas."

Nuair a d'fhág Daid an seomra, dúirt Bruno liom, "Is iad toirc na bhfaithní na hainmhithe is gránna. Féach isteach sa scáthán, a Fhaithne, agus ansin féach ar na hainmhithe i mo leabhar. Tá grianghraf díot i mo leabhar."

Dúirt sé é sin nuair nach raibh Daid ag éisteacht. Dúirt sé rudaí uafásacha nuair nach raibh aon duine i láthair.

D'fhéach mé ina leabhar.

Ba mhuc an-ghránna é torc na bhfaithní agus bhí starrfhiacla an-mhór aige.

Bhí Pingin dhá bhliain níos óige ná mé. Bhí imní uirthi faoi rudaí beaga. I ndáiríre, bhí imní uirthi faoi gach rud – Bruno ina measc. Bhí cúis lena himní, ach ní raibh a oiread cúis imní aici is a bhí agam.

Nuair a bhí mé trí bliana d'aois, fuair Bruno scian phóca mo Dhaid agus sháigh sé i mo lámh í.

Scread mé agus scread mé.

"A Susie, cad atá déanta agat?" arsa Mam.

"Ní dhearna mé é," arsa mise ag gol. "Rinne Bruno é."

Ar shíl sí i ndáiríre gur sháigh mé mé féin?

Ar shíl sí go raibh mé chomh hamaideach sin?

"A Bruno, cén fáth a ndearna tú é sin?" a d'fhiafraigh Mam de agus í ag ní mo láimhe a raibh greim aici uirthi i dtuáille.

"Ní d'aon ghnó a rinne mé é," arsa Bruno. "Ó, Susie bheag bhocht. Ní raibh mé ag iarraidh í a ghortú."

"Caithfidh tú éirí as a bheith ag méiseáil le sceana," arsa Mam agus chuir sí an scian in airde ar an tseilf.

Bhí Pingin róbheag chun cuimhneamh air sin, ach bhí sí ann nuair a rinne Bruno iarracht mo ghúna glas nua a chur trí thine.

Bhí dath úllghlas ar mo ghúna. Bhí ribín dúghlas sróil timpeall ar mo choim a bhí ceangailte i mbogha mór ar chúl. Ba é mo bhreithlá é. Bhí císte mór seacláide ar an mbord agus bhí seacht gcoinneal air. Bhí mé ag féachaint ar mo chíste agus bhí Pingin taobh liom.

"Císte deas," arsa Pingin.

Sméid mé mo cheann ag aontú léi. Bhí sceitimíní orm. B'álainn an císte é. Rinne Mam é. Bhí sailchuacha beaga corcra siúcraithe air agus bhí seacht gcoinneal bhándearga air freisin. Ba é an císte ba dheise a chonaic mé riamh.

Tháinig Bruno isteach sa seomra agus bhí bosca lasáin aige.

"Tá císte Susie go hálainn," arsa Pingin. Bhí súile móra donna aici díreach cosúil le Bruno. Bhí sí ag stánadh ar an gcíste agus a cuid súl ar leathadh.

"Há," arsa Bruno agus é ag lasadh cipín.

"A Bruno, ní féidir leat," arsa mise. "Ní bheimid ag lasadh na gcoinnle go

Mise, Pingin Agus Bruno

dtí níos déanaí nuair a thiocfaidh mo chairde scoile le haghaidh mo chóisire."

"Há," arsa Bruno agus é ag teacht i mo threo agus a chipín ar lasadh.

Le lámh amháin, rug sé greim ar mo lámh, agus lena lámh eile, rinne sé iarracht mo ghúna a chur trí thine.

Scread mé agus scread mé.

Thit Pingin isteach i mo chíste seacláide breithlae agus thit an lasán ar an urlár.

"Féach ar cad atá déanta agat," arsa Bruno.

Bhí smál dóite ar mo ghúna úllghlas.

Bhí mo chíste seacláide scriosta.

Bhí seacláid ar aghaidh Phingin agus bhí sailchuacha beaga siúcraithe ina cuid gruaige. Dúirt Bruno liom, "Níor chóir duit a bheith ag spraoi le lasáin, a Fhaithne."

"Ní raibh mé," a bhéic mé.

"Bhí tú," arsa Bruno. "Chonaic tú í, a Phingin. Chonaic tú í ag lasadh an chipín."

Chroith Pingin a ceann. Bhí sí ag iarraidh cuid den tseacláid a chroitheadh dá haghaidh.

"Chonaic tú, a Phingin. Chonaic tú," arsa Bruno.

"Chonaic," arsa Pingin.

Tháinig Mam isteach sa seomra. Baineadh siar aisti faoin gcuma a bhí ar an gcíste agus ar mo ghúna. Cuireadh mé chun mo sheomra chun an gúna a bhaint díom. Dúirt sí liom m'éadaí scoile a chur orm.

"Ach is í mo chóisir bhreithlae í," arsa mise.

"Is cuma liom," arsa Mam. "Níor chóir duit a bheith ag spraoi le lasáin. Féach ar cad atá déanta agat, a Susie."

"Ní dhearna mé é. Inis di, a Phingin," a bhéic mé.

Ach bhí eagla ar Phingin a insint di.

Mise, Pingin Agus Bruno

Bhí eagla ar Phingin roimh Bruno.
Bhí eagla ormsa freisin.

Chaith mé mo sheachtú breithlá i m'éadaí scoile: mo sciorta liath, mo léine bhán agus mo gheansaí gorm. Ní raibh aon chíste breithlae agam. Tá an dearg-ghráin agam i mo chroí istigh ar Bruno.

A Dó

Bhíomar inár gcónaí i dteach cois farraige.

Ag fuinneoga an tí s'againne bhíomar in ann féachaint ar an líne iarnróid, ar bhalla ard agus ansin ar an bhfarraige. Sa samhradh bhíomar ag snámh agus ag súgradh san uisce.

Sa gheimhreadh d'fhéachamar ar an bhfarraige ag tuile agus ag trá, chuaigh sí ar gcúl trasna an ghainimh go dtí gur imigh sí as radharc beagnach, agus ansin tháinig sí isteach arís go mall go dtí go raibh na carraigeacha uile faoi uisce.

San earrach, bhí an taoide chomh hard sin go ndeachaigh sí thar an mballa agus gur thit sí ar an iarnród.

"Há," arsa Bruno. "Níl a fhios agam an leanfaidh sí ag teacht isteach, go dtí go mbeidh na ráillí clúdaithe agus go dtiocfaidh sí suas chomh fada lenár dteach."

"Ó, ná habair," arsa Pingin, agus rud amháin eile aici le bheith imníoch faoi. "Cad a tharlóidh ansin?"

"Beimid faoi uisce agus scuabfar ar shiúl sa tuile muid," arsa Bruno, go sásta.

"Ó, ná habair," arsa Pingin arís.

"Ná bí buartha, a Phingin," a dúirt mé le mo dheirfiúr bheag. "Gheobhaimid áirc agus seolfaimid linn, mar a rinne Naoi."

"Chuir Naoi dhá ainmhí de gach cineál ar an áirc," arsa Bruno. "Bhuel, ní bheidh de dhíth orainn ach torc na bhfaithní amháin eile a fháil."

Chuir mé srian le mo theanga. Theastaigh uaim é a bhualadh. Theastaigh uaim é a bhrú amach tríd an bhfuinneog.

Rinne sé meangadh gáire liom. "D'fhéadfaimis a bheith inár gcónaí i bhfomhuireán," a dúirt sé. "Ceann buí, amhail an ceann san amhrán."

Chan an triúr againn le chéile, "*Cónaímid go léir i bhfomhuireán buí.*"

Ach ansin rinne Bruno gáire agus dúirt sé go raibh an fomhuireán an-bheag agus nach mbeadh spás ann domsa.

Mar sin, bhuail mé é.

Bhuail mé é go crua agus thit sé ar an talamh. Luigh sé ar an urlár agus níor bhog sé.

Bhí a shúile dúnta.

Baineadh scanradh mór asam, mar cheap mé gur mharaigh mé é.

Chrom mé síos chun féachaint ar a aghaidh agus rug sé ar mo chuid gruaige agus tharraing sé í go han-chrua.

"Inseoidh mé do Mham céard a rinne tú," arsa Bruno agus mé ag iarraidh mé féin a scaoileadh saor. "Déanfaidh mé scéala ort agus cuirfidh siad ar shiúl thú."

Tharraing mé siar uaidh agus rith mé chuig mo sheomra codlata.

Bhí mo sheomra codlata féin agam. Go pointe áirithe. Seomra mór a bhí ann agus fuinneog mhór ann a raibh a haghaidh leis an ngairdín, leis an iarnród agus leis an bhfarraige.

Rinne cuirtín bándearg dhá leath den seomra. Bhí mo leaba ar thaobh amháin de. Bhí leaba Phingin ar an taobh eile de.

Bhí Pingin an-néata. Bhí a cuid éadaí curtha as an mbealach i gcónaí aici. Bhí a slipéir ar an urlár in aice a leapa, agus luigh a teidí ar an bpiliúr.

Bhí an taobh s'aici den seomra níos deise ná an taobh s'agamsa.

Ní raibh mé ábalta ach ceann amháin de mo shlipéir a aimsiú riamh. Bhí an chuma ar an scéal nach raibh an dá cheann agam ag aon uair amháin riamh. Bhí mo chuid éadaí ar an urlár agus ní raibh mo leaba cóirithe.

In aice le mo leaba ní raibh an lampa ag obair mar gur leag mé é agus bhí an bolgán séidte dá bharr.

Chuaigh mé suas ar leaba Phingin agus rug mé barróg ar a teidí.

Bhí an ghráin agam orm féin laethanta áirithe. Ba cheann de na laethanta sin é seo.

Tháinig Mam isteach sa seomra.

"Éirigh de leaba Phingin," ar sí. "Agus téigh go dtí do leaba féin agus fan ansin. Cé mhéad uair a d'inis mé duit gan a bheith ag troid le Bruno?" Sheas sí ansin, a lámha ar a cromáin aici agus bhí cuma chrosta ar a haghaidh.

Ní raibh a fhios agam ar cheart dom í a fhreagairt nó nár cheart. Ní raibh a fhios agam cé mhéad uair a d'inis sí dom gan a bheith ag troid le Bruno. Na céadta uair, is dócha.

"Tá brón orm," arsa mise.

"Téigh go dtí do leaba féin," a dúirt sí arís.

"Agus fan ann. Tá mé chun stop a chur le d'airgead póca agus is féidir leat fanacht i do sheomra go dtí go bhfoghlaimeoidh tú conas tú féin a iompar go maith."

Chuaigh mé a luí.

Bhí gráin agam orthu go léir.

Bhí gráin agam ar Bruno mar bhí sé chomh suarach sin.

Agus bhí gráin agam ar Mham toisc nach bhfaca sí é.

Agus bhí gráin agam ar Phingin toisc go bhféadfadh sí a rá le Mam nár thosaigh mé an troid.

Agus bhí gráin agam ar Dhaid toisc go dtaobhódh sé le Mam nuair a thiocfadh sé abhaile agus nach bhfaighfinn airgead póca.

Agus thar aon rud eile, bhí gráin agam orm féin.

Is é fírinne an scéil gur chuir sé olc orm gur lig mé do Bruno cur as dom. Bhí a fhios agam gurbh eisean ba chúis leis an troid, ach bhí a fhios agam chomh maith go bhféadfainn cúl a thabhairt dó.

Tar éis an tsaoil, ní bheadh aon áirc nó aon fhomhuireán ann, mar sin, bhíomar ag troid faoi rud nach dtarlódh choíche.

Luigh mé ar mo leaba agus smaoinigh mé faoi gach rud. Smaoinigh mé faoin gcaoi nárbh fhéidir liom daoine eile a athrú, ach b'fhéidir, b'fhéidir ar éigean, d'fhéadfainn mé féin a athrú.

Sa phraiseach ar an urlár in aice le mo leaba, tháinig mé ar mo leabhar nótaí agus peann luaidhe. Shuigh mé suas sa leaba agus thosaigh mé ag scríobh liosta. Scríobh mé síos gach rud fúm féin nár thaitin liom.

Mise, Pingin Agus Bruno

Tá mé míshlachtmhar.
Éirím crosta ró-éasca.

Ní raibh mé ábalta smaoineamh ar aon rud eile agus mé i mo shuí ag féachaint ar mo leabhar nótaí. D'éirigh mé de mo leaba agus thosaigh mé ar shlacht a chur ar mo thaobh den seomra. D'fhill mé mo chuid éadaí agus chuir mé iad i dtaisce sa vardrús.

Bhí an vardrús míshlachtmhar, mar sin, thóg mé gach rud amach agus thosaigh mé ag filleadh gach rud go néata agus á gcur i dtaisce arís.

Ansin, chuaigh mé ar na ceithre boinn faoin leaba. D'aimsigh mé dhá chroí úll, leathmhála de mhilseáin, tuáille salach agus mo shlipéar a bhí ar iarraidh.

Chóirigh mé mo leaba agus chuir mé mo shlipéir lena hais ar an urlár, díreach mar a rinne Pingin.

Chuir mé an mála milseán ar leac na fuinneoige ionas gurbh fhéidir le Pingin cuid acu a fháil. Níor thaitin siad liom ar aon nós.

Chuir mé an tuáille sa chiseán níocháin agus chuaigh mé in airde ar mo leaba shlachtmhar i mo seomra codlata néata.

Thóg mé amach mo liosta agus chuir mé líne tríd an gcéad líne. Ní raibh mé míshlachtmhar a thuilleadh. Bhí a fhios agam go gcaithfinn é a dhéanamh gach lá, ach bhí a fhios agam chomh maith go ndéanfainn é. Dá ndéanfainn é gach lá ní thógfadh sé i bhfad.

Léigh mé an dara líne ar mo liosta. *Éirím crosta ró-éasca.* Rinne mé machnamh air sin.

Bhí Mam agus Dad crosta liom an t-am ar fad, ach mura mbeinn crosta le Bruno b'fhéidir nach mbeidís crosta liomsa. B'fhéidir gurbh fhéidir liom é seo a athrú freisin.

Ní raibh mé chomh cinnte sin, ach chinn mé ar thriail a bhaint as.

Nuair a tugadh cead dom mo sheomra a fhágáil, ghabh mé mo leithscéal le Bruno as é a bhualadh.

Dúirt sé "Níl aon spás duit fós ar an bhfomhuireán." Níor fhreagair mé. Ní raibh aon fhomhuireán ann agus ní raibh mé chun cead a thabhairt dó fearg a chur orm mar gheall ar rud éigin nach raibh ann.

"Bhuel, dá mbeadh fomhuireán agamsa agus dá mbeadh tuile ann, measaim go ndéanfainn spás duitse," arsa mise ag insint bréige. Ní dhéanfainn spás dó. Ba eisean an duine deireanach a ligfinn isteach i m'fhomhuireán.

Níor fhreagair sé.

D'fhan mé amach as trioblóid ar feadh coicíse. Bhí sé an-deacair, ach d'éirigh liom. Ní fhéadfainn líne a chur tríd ar mo liosta mar bhí a fhios agam go bhféadfadh aon rud tarlú. Ach rinne mé tréaniarracht agus choimeád mé slacht ar mo sheomra.

A Trí

Bhí sé ag druidim le deireadh an tsamhraidh agus chuamar síos go dtí an trá chun dul ag snámh: mé féin, Bruno, agus Pingin le Mam. Bhí tonnta ann an lá sin, agus bhí níos mó spraoi ann ná mar ba ghnáth.

Bhí Pingin san uisce éadomhain agus bhí bandaí snámha ar uachtar a lámh aici. Bhí sí ag léim suas agus anuas sna tonnta. Bhí Mam ina suí ar an ngaineamh ag faire orainn. Bhí Bruno agus mise níos faide amuigh, ag bogadach sna tonnta.

"A Fhaithne," a ghlaoigh Bruno orm.

Níor fhreagair mé é.

Ba snámhaithe den scoth mé féin agus Bruno agus ba mhór an spraoi a bheith sna tonnta. Ní raibh mé chun ligean dó mé a dhéanamh crosta.

"A Fhaithne," a ghlaoigh sé arís. Bhí mé ag bogadach suas agus anuas. Níor fhéach mé air fiú.

"A Susie," bhí glór Bruno difriúil.

D'fhéach mé anonn san áit a raibh sé, agus ní raibh mé ábalta cinneadh a dhéanamh an raibh sé ag ligean air féin nó nach raibh.

Ní raibh an chuma air gurbh é Bruno é. Bhí sé an-bhán san aghaidh agus ní raibh a fhios agam conas a d'éirigh leis an chuma sin a chur air féin.

Ach thug sé "Susie" orm.

Níor thug sé Susie orm riamh.

Shnámh mé chuige.

"Haigh," arsa mise.

"A Susie, cuidigh liom," arsa Bruno.

"Cén chabhair atá uait?" a d'fhiafraigh mé de. Bhí mé ag féachaint go grinn ar a aghaidh fad is a bhí na tonnta dár stealladh, agus ní raibh a fhios agam cad é a bhí sé a dhéanamh.

"Susie... cuidigh liom…" a dúirt sé.

Ní raibh sé ag snámh i ndáiríre. Lean na tonnta ag dul thar a cheann agus ní raibh sé ag déanamh aon rud i ndáiríre.

D'fhéach mé ar chúl i dtreo na trá, agus bhí mé ábalta Mam a fheiceáil ina seasamh. Ach ní raibh sí ag féachaint orainn. Bhí sí ag glaoch ar Phingin ag iarraidh uirthi teacht amach as an uisce.

"Téimis isteach," arsa mise le Bruno. "Ar aghaidh linn isteach."

"Fan in aice liom," arsa Bruno agus ní raibh a anáil ag teacht leis. Ní raibh a fhios agam conas a rinne mé é, ach ar shlí éigin, tharraing mé Bruno ar ais i dtreo na trá. Theastaigh uaim glaoch amach ag iarraidh cabhrach ach ní raibh mé ábalta snámh, Bruno a tharraingt agus glaoch ag an am céanna.

Mar sin, rinne mé dearmad ar an mbéicíl agus tharraing mé Bruno tríd an uisce go dtí go rabhamar níos gaire. Shnámh fear trasna agus chuidigh sé liom. Bhí Mam ag triomú Phingin agus ní fhaca sí muid.

"An bhfuil tú ceart go leor?" arsa an fear.

Ní raibh mé ábalta é a fhreagairt. Tá sé an-deacair a bheith ag snámh sna tonnta agus tú ag tarraingt duine leat.

Ní raibh Bruno ábalta freagra a thabhairt toisc go raibh a cheann ag dul faoin uisce. Sciob an fear Bruno uaim.

"Coinnigh ort ag snámh," arsa an fear liom. D'iompaigh sé thart ar a dhroim, agus choinnigh sé Bruno ar a ucht agus d'úsáid sé a chosa le dul ar ais go dtí an cladach. D'fhan mé chomh gar dó agus ab fhéidir liom agus tháing muid i dtír ar an trá.

"Tá tú ceart go leor," a dúirt an fear le Bruno. "Tá tú ceart go leor anois."

Shuigh Bruno ar an ngaineamh agus rinne sé casacht agus bhí sé ag snagaireacht agus ansin sméid sé a cheann ag aontú leis.

"Cé atá leat?" arsa an fear.

Tháinig Mam de rith.

"Cad a tharla?" a d'fhiafraigh sí. "Bhain mé mo shúile díobh ar feadh nóiméid amháin. Cad a tharla?"

"Shábháil an cailín beag seo an buachaill seo díreach anois," arsa an fear.

Shuigh mé ar an ngaineamh agus gan puth m'anáil agam. Ní raibh mé tar éis Bruno a shábháil i ndáiríre. Ba é an fear a shábháil é, ach bhí mé chomh tuirseach sin ba ar éigean a bhí mé in ann labhairt.

"A Bruno, an bhfuil tú ceart go leor?" a d'fhiafraigh Mam.

Chuaigh sí chun tuáille a fháil agus chuir sí thart air é. Bhí sé an-bhán agus bhí sé ag creathadh.

"B'amhlaidh a d'éirigh mé tuirseach," ar sé.

Bhí mé tuirseach freisin, ach níor chuir aon duine tuáille tharam.

Tharraing an fear mé ar mo bhoinn. "Rinne tú thar cionn," ar sé liom. "An bhfuil tú i gceart anois?"

Sméid mé mo cheann ag aontú leis. Bhí mé go breá. Bhí sórt eagla agus sceitimíní orm ag an am céanna.

Ghabh Mam buíochas leis an bhfear. Lean sí uirthi ag gabháil buíochais leis agus Bruno á chuimilt aici leis an tuáille. Dúirt sí liom imeacht agus mé féin a ghléasadh.

"Níor thuig mé ar dtús cad a bhí cearr," arsa an fear le Mam. "Bhí an chuma air go raibh an cailín beag ag sábháil an bhuachalla, ach ar dtús cheap mé go raibh siad ag spraoi."

Lean sé air ag rá an rud chéanna amhail is nárbh fhéidir leis a chreidiúint cad a tharla.

Ní raibh mé in ann a chreidiúint cad a tharla.

Is duine de na snámhaithe is fearr atá ar eolas agam é Bruno.

Anois bhí sé ar crith agus bhí a chuid fiacla ag cnagadh.

"Ní mór dom tú a thabhairt abhaile," arsa Mam. Ghabh sí buíochas leis an bhfear sé huaire eile agus í ag cur deifir orm mé féin a ghléasadh agus dúirt sí liom ár ngiuirléidí a phacáil agus í ag triomú Bruno.

Chuir mé an picnic ar ais ina ciseán, agus chuir mé bróga Phingin ar a cosa, agus tharraing mé mo bhríste gearr agus mo T-léine thar mo chulaith shnámha fhliuch. D'fháisc mé an t-uisce as gruaig Phingin, agus ansin d'fháisc mé é as mo chuid gruaige féin.

Ní raibh Bruno ar crith níos mó, ach d'fhan sé ina shuí ansin agus bhí ar Mham cuidiú leis éirí ina sheasamh agus a chuid éadaí a chur air.

D'iompair mé féin agus Pingin ár ngiuirléidí go léir agus choimeád Mam a lámh timpeall ar Bruno agus muid ag siúl ar ais go dtí an teach.

Dúirt Bruno go raibh sé go breá nuair a bhaineamar an baile amach, ach níl mé cinnte an raibh sé go breá. Ní dhearna sé ach suí ag an mbord nuair a d'itheamar ár bpicnic. Ní dúirt sé aon rud i ndáiríre. Bhí sé ag piocadh ar a chuid bia a fhad agus a bhí mé féin agus Pingin ag ithe linn.

Chinn Mam Bruno a chur a luí. Bhí an chuma air go raibh sé an-tuirseach. Chodail sé an tráthnóna go léir ach nuair a d'éirigh sé bhí sé tuirseach fós, mar sin luigh sé os comhair na teilifíse agus thit sé ina chodladh arís.

Tháinig Daid abhaile agus glaoigh siad ar an dochtúir. Bhí rud éigin cearr le Bruno.

Cuireadh Bruno le haghaidh tástálacha fola. Agus ansin chuaigh Bruno go dtí an t-ospidéal. Chuaigh mé féin agus Pingin ar ais go dtí an scoil.

Bhí na laethanta saoire thart.

A Ceathair

D'fhan Bruno san ospidéal ar feadh trí mhí. Choimeád mé féin agus Pingin ár seomra néata agus rinneamar ár n-obair bhaile. Ní dhearnamar mórán eile.

Bhí Mam ag caoineadh go leor agus chaith sí féin agus Daid an chuid is mó dá gcuid ama ag an ospidéal.

Bhí tinneas uafásach ar Bruno.

"An bhfuair sé san fharraige é?" a d'fhiafraigh mé de Dhaid nuair a d'inis sé do Phingin agus domsa go raibh Bruno an-tinn ar fad.

"San fharraige?" arsa Daid agus iontas ina ghlór.

"Sea, is cuimhin leat an lá nach raibh sé ábalta snámh isteach…"

"Ní hea, a Susie. Ní hea, ní bhfuair. Bhí sé tinn cheana féin, ach ní raibh a fhios againn. Níl aon bhaint aige leis an bhfarraige."

"Ach ba é sin an lá a d'éirigh sé tinn," arsa mise.

Dúirt Daid, "Tá cealla fola ag gach aon duine. Tá cuid acu bán agus tá cuid eile acu dearg. Tá na cealla bána atá ag Bruno níos láidre ná na cealla dearga."

"An bhfuil sé sin go dona?" a d'fhiafraigh Pingin de.

"Tá. Ach tá siad ag iarraidh biseach a chur air san ospidéal. Tá siad ag iarraidh na cealla dearga a dhéanamh níos láidre."

Cheap mé gurbh é sin an chúis a raibh sé chomh bán sin san uisce. Bhí na cealla bána ag troid leis na cinn dhearga agus bhí an bua ag na cinn bhána. Sin an fáth nach raibh aon dath ar a aghaidh.

"Cathain a bheidh Bruno ag teacht abhaile?" a d'fhiafraigh Pingin de.

"Níl a fhios agam, a Phingin," arsa Daid. "Ní go ceann tamaill."

Bhí sé níos éasca sa bhaile gan Bruno. Níor éirigh mé crosta ar chor ar bith. Ní raibh aon rud le bheith crosta faoi. Scrios mé é den liosta. Ach ansin smaoinigh mé ar rudaí eile le cur ar an liosta.

Foghlaimeoidh mé conas snámh níos fearr.

Oibreoidh mé níos crua ar scoil.

Cabhróidh mé níos mó sa teach.

Nigh mé féin agus Pingin na gréithe tar éis ár mbéilí go léir. Uaireanta ní raibh béilí ar bith ann. Uaireanta ní raibh ach arán agus im againn. Uaireanta ní fhacamar Mam ar feadh laethanta. Agus nuair a chonaiceamar í bhí a súile dearg agus bhí cuma ar a haghaidh go raibh sí tuirseach.

"A Dhaid," a dúirt mé oíche amháin roimh dhul a luí. Bhí Mam san ospidéal le Bruno.

"Sea, a Susie," arsa Daid.

"An bhfuil an tinneas céanna ar Mham agus atá ar Bruno?"

Chroith sé a cheann.

"Ná bí amaideach," ar seisean. "Níl, gan amhras. Cén fáth a gceapann tú é sin?"

"Bíonn sí san ospidéal an t-am go léir le Bruno. Agus bíonn sí an-bhán san aghaidh amhail Bruno agus bhí mé beagán in amhras fúithi."

"Tar anseo," ar seisean. D'éirigh sé agus thóg sé mé ina bhaclainn agus d'iompair sé mé chun na leapa. "Tá Mam go breá. Níl ann ach go bhfuil imní uirthi faoi Bruno."

Bhí imní orm freisin. Bhí mé ar nós Phingin. Bhí gach rud ag cur imní orm.

Bhí mé buartha faoi bhia mar ní raibh aon rud sa chuisneoir laethanta áirithe.

Bhí mé buartha faoin aimsir, mar b'éigean dom a chinntiú go raibh Pingin clúdaithe dá mbeadh sé ag cur báistí agus í ag dul ar scoil.

Chríochnaigh sí sa scoil níos luaithe ná mé gach lá. Shuigh sí sa halla agus d'fhan sí liom ionas gurbh fhéidir linn siúl abhaile le chéile. Bhí sí róbheag chun dul abhaile ina haonar.

Gach lá nuair a shroicheamar baile chuamar go Mrs Bird, ár gcomharsa béal dorais.

Bhí eochair ár dtí ag Mrs Bird agus lig sí isteach muid agus shocraigh sí muid sa chistin lenár n-obair bhaile.

"Anois," ar sise. "Fanaigí anseo ag an mbord agus beidh mé ar ais chun súil a choimeád oraibh i gceann tamall beag."

Bhí gruaig dhonn chatach ar Mrs Bird. Bhí gruaig chatach orm agus ar

Phingin freisin, ach bhí gruaig Mrs Bird difriúil. Bhí a cuid gruaige mionchatach agus bhí an chuma uirthi nár chíor sí riamh í. Thug Bruno Mrs Bird Nest uirthi. Dúirt sé go raibh uibheacha éin faoi cheilt ina cuid gruaige agus go dtiocfadh sicíní amach lá éigin.

Bhí Pingin buartha faoi cé a thabharfadh bia do na héin nuair a thiocfaidís amach. Dúirt sí go raibh seans ann nach mbeadh a fhios ag Mrs Bird Nest go raibh siad ann. Níor cheap mé go bhféadfadh uibheacha a bheith ina cuid gruaige i ndáiríre, ach dúirt Bruno go raibh banríon ann a raibh luch ina cuid gruaige. Dúirt sé dá bhféadfadh le haon duine amháin luch a bheith aige ina chuid gruaige, d'fhéadfadh duine eile ceithre ubh a bheith aige ina chuid gruaige i ngan fhios dó.

"Ná bí buartha," a dúirt mé le Pingin. "Má tá uibheacha ina cuid gruaige ag

Mrs Bird Nest i ndáiríre agus má thagann siad amach mar shicíní, cloisfimid iad ag canadh agus is féidir linn í a chur ar an eolas fúthu."

Le linn na dtrí mhí sin nuair a bhí Bruno san ospidéal, tháing Mrs Bird Nest linn go dtí an teach gach lá. Uaireanta thug sí bia dúinn, ach uaireanta eile rinne sí dearmad orainn.

"Déanann sí dearmad bia a thabhairt dúinn agus is fíordhaoine muid," arsa Pingin. "Ní cheapaim go gcuimhneoidh sí ar bhia a thabhairt do na héin bheaga bhídeacha."

Is fuath liom nuair a bhíonn Pingin buartha faoi rudaí. An lá dár gcionn lig mé do mo mhála scoile titim faoi bhord na cistine agus d'iarr mé ar Mrs Bird cuidiú liom mo ghiuirléidí a bhailiú.

Nuair a chrom Mrs Bird chun cuidiú liom, chroith mé lámh ar Phingin. Dhírigh mé mo mhéar ar cheann Mrs

Bird. D'oscail súile Phingin an-leathan ar fad nuair a chonaic sí cad a bhí á dhéanamh agam. Tháinig sí anonn agus d'fhéach sí go cúramach ar cheann Mrs Bird agus í ag bogadach thart liom faoi bhord na cistine.

"Níl aon rud ann," arsa Pingin liom.

"Tá gach rud agam," arsa Mrs Bird agus í ag piocadh suas an phinn luaidhe deiridh.

"Níl uibheacha ann," arsa Pingin agus ionadh uirthi.

"Sssshhh," arsa mise i gcogar do Phingin.

"Uibheacha?" arsa Mrs Bird. "An dteastaíonn uibheacha uaibh i gcomhair do thae, a Phingin?"

Chroith Pingin a ceann. Ón lá a dúirt Bruno go raibh uibheacha ag Mrs Bird i nead ar bharr a cinn, ní raibh ubh ite ag Pingin.

Agus ní raibh ceann ite agam féin ach oiread.

Lá amháin nuair a bhí mé féin agus Pingin ag teacht abhaile ón scoil chuamar isteach inár siopa áitiúil. Theastaigh ó Phingin milseáin a cheannach. B'éigean dom bainne agus arán a cheannach mar ní raibh rud ar bith sa bhaile.

D'íoc mé as an mbia agus bhí mé ag cur na sóinseála i dtaisce nuair a dúirt fear liom, "Haigh. An cuimhin leat mé?"

D'iompaigh mé thart. Ba é an fear ón bhfarraige é.

Chlaon mé mo cheann ag aontú leis. Ba chuimhin liom é. Ní raibh cead againn labhairt le daoine nach raibh aithne againn orthu, ach bhí aithne againn ar an bhfear seo. Bhí, sórt.

Cheannaigh sé barra seacláide domsa agus do Phingin.

"Is minic a smaoinigh mé an raibh sibh ceart go leor," a dúirt sé.

"Níor tháing biseach ar Bruno riamh," arsa Pingin.

Ní raibh mé cinnte fós ar cheart dúinn a bheith ag caint leis an bhfear, ach shábháil sé beatha Bruno.

"Bruno? Is é do dheartháir é? An buachaill a shábháil tú?" a dúirt an fear liom.

Chlaon mé mo cheann ag aontú leis, arís.

"Shábháil tusa é," arsa Pingin leis an bhfear. "Ach tá sé tar éis a bheith san ospidéal ó shin."

Bhí cuma ar an bhfear go raibh sé trí chéile.

"Tá brón orm é sin a chloisteáil," ar seisean.

Lean sé leis ag féachaint ar ár n-aghaidh agus dúirt mé le Pingin go mbeadh orainn imeacht.

Ghabhamar buíochas leis as an tseacláid, d'fhágamar slán aige agus chuamar abhaile.

Lig Mrs Bird Nest muid isteach sa teach agus shuíomar ag bord na cistine agus d'imigh sí abhaile. Dúirt sí go raibh rudaí le déanamh aici agus go dtiocfadh sí ar ais chun muid a fheiceáil i gceann tamaill.

D'fhéach mé ar Phingin. Bhí mé ag fiafraí díom féin cén fáth ar lean an fear ag féachaint orainn mar a rinne sé. Bhí aghaidh Phingin salach. Ní fhaca mé é sin cheana.

Chuaigh mé chun féachaint isteach sa scáthán. Ní raibh m'aghaidh a oiread níos fearr. Ó d'éirigh Bruno tinn agus ó chuaigh sé chun cónaí san ospidéal níor inis aon duine dúinn folcadán a bheith againn agus uaireanta rinneamar dearmad air.

Bhí mo chuid ingne salach agus bhí ingne Phingin salach freisin.

Agus ní raibh ár n-éadaí scoile róghlan.

Uaireanta chaitheamar na léinte céanna ar feadh ceithre nó cúig lá.

Líon mé folcadán do Phingin. Níor thaitin sé liom go raibh an chuma orainn go rabhamar salach.

Scríobh mé ar mo liosta i mo leabhar nótaí: *beidh mise glan agus beidh Pingin glan chomh maith.*

Nigh mé léine Phingin agus nigh mé mo cheannsa. Bhí na bónaí salach agus b'éigean dom iad a sciúradh le gallúnach.

An oíche sin nuair a tháinig Daid abhaile agus nuair a bhí mé féin agus Pingin ag déanamh réidh le dul a luí, bhí cnag ar an doras.

D'oscail Daid é.

Bhí mé ábalta guthanna a chloisteáil sa halla.

"John Harris is ainm dom," a dúirt guth fir.

Ba é an fear ón bhfarraige é. D'aithin mé a ghuth.

Bhí mé ábalta é a chloisteáil ag insint do Dhaid gur bhuail sé linn ag an bhfarraige sa samhradh agus gur thug bean an tsiopa áitiúil ár seoladh dó.

"Bhuail mé isteach le fiafraí díot conas atá do mhac. Labhair mé le d'iníonacha sa siopa an tráthnóna seo, ach níor theastaigh uaim cur isteach orthu a thuilleadh," a dúirt sé.

"Ní thuigim conas atá aithne agat ar mo theaghlach," arsa Daid.

"Bhí mé ann an lá a shábháil an cailín is sine beatha do mhic," arsa Mr Harris. Chuidigh mé léi é a tharraingt isteach ach bhí an obair dheacair go léir déanta aici."

"Ó," arsa Daid. Tháinig athrú ar a ghuth. "Níor thuig mé cérbh é thú. Tá ár mbuíochas ó chroí tuilte agat."

"Ó, níl," arsa Mr Harris. "mar a dúirt mé, ba í an cailín is sine a rinne an tarrtháil i ndáiríre. An t-aon chúis ar bhuail mé isteach ná go ndúirt sí go raibh a deartháir tar éis a bheith san ospidéal ó shin i leith agus bhí mé ag machnamh faoi cad a tharla dó."

"Tá ailse ar Bruno," arsa Daid.

Ba dheacair a chloisteáil cad a bhí á rá acu, ach d'éist mé féin agus Pingin chomh cúramach agus ab fhéidir linn.

Ansin, dúirt Mr Harris, "Bhog mé féin agus mo bhean chéile isteach i dteach suas an bóthar, agus bheadh an-áthas orainn dá dtiocfá féin agus do bhean chéile, agus na páistí, dar ndóigh, chun dinnéir Dé Domhnaigh."

A Cúig

Amanda an t-ainm a bhí ar bhean chéile Mr Harris. Chuaigh mé féin, Daid agus Pingin chun lóin Dé Domhnaigh. Bhí Mam san ospidéal le Bruno.

Bhí Mrs Harris go hálainn. Bhí gruaig fhionn uirthi agus bhí súile móra gorma aici agus bhí meangadh gáire uirthi chomh mór leis an mairteoil rósta a bhí ar an mbord sa seomra bia.

"Caithfidh tú Amanda a thabhairt orm," a dúirt sí liomsa agus le Pingin. "Táim an-sásta bualadh libh go léir."

Ba é an lón ba dheise a bhí agam riamh. Dúirt Pingin an rud céanna. Bhí mairteoil agus prátaí rósta, piseanna agus cairéid agus meacain bhána againn. Ansin bhí uachtar reoite agus anlann te seacláide.

Ba scríbhneoir é Mr Harris. Bhí deich leabhar scríofa aige faoi chúrsaí taistil. Bhí sé féin agus Amanda tar éis a bheith ina lán áiteanna. D'fhiafraigh sé de Dhaid faoi Bruno.

Labhair Daid beagáinín faoi Bruno. Dúirt sé go raibh sé ag súil go mbeadh Bruno sa bhaile le haghaidh na Nollag.

Bhí an Nollaig ag teannadh linn. Bhí maisiúcháin na Nollag i ngach áit, ach ní raibh siad inár dteach.

"An mbeidh crann Nollag againn?" a d'fhiafraigh Pingin, agus í ag féachaint ar chrann mhuintir Harris. Bhí sé maisithe i ndath airgid agus i ndath dearg agus bhí soilse beaga lonracha air.

Lig Daid osna as. "Níl mé cinnte," ar sé.

"B'fhéidir go bhféadfaimis cuidiú libh," arsa Amanda. "Ansin bheadh sé go deas do Bruno nuair a thiocfaidh sé abhaile."

"Measaim go mbeidh Bruno sa leaba nuair a thiocfaidh sé abhaile," arsa Daid.

"Tá leaba sa bhreis againn," arsa Mr Harris. "Tá sí sa bhosca fós. D'fhéadfaimis í a thabhairt anonn agus í a chur suas i do sheomra suí."

"Ní bheadh aon deacracht ann," arsa Amanda. "Ba bhreá linn cuidiú libh. Tá sibh tar éis bliain dhona a bheith agaibh. Lig dúinn é a dhéanamh níos fearr."

Cheap mé go raibh Daid chun an tairiscint a dhiúltú, ach ina ionad sin dúirt sé, "Tá sibh chomh cineálta sin. Ní féidir liom dóthain buíochais a ghabháil libh."

"Táimid an-ghann in am," dúirt Daid ansin. "Caithimid an oiread sin ama san ospidéal. Ní raibh aon am le bheith ag smaoineamh ar bhronntanais Nollag nó ar aon rud."

"Tuigim," arsa Mr Harris.

"Tá a fhios agam," arsa Amanda. "Ba bhreá liomsa agus le John Susie agus Pingin a thabhairt isteach chun Santa a fheiceáil. An mbeadh sé sin ceart go leor?" a d'fhiafraigh sí de Dhaid.

Cheap mé go raibh Daid ar tí tosú ag caoineadh. Ní raibh sé ábalta labhairt. Níorbh fhéidir liomsa nó le Pingin labhairt ach oiread.

"Ba bhreá linn é a dhéanamh," arsa Mr Harris.

"Ó, a Dhaid, le do thoil," arsa Pingin.

Sméid Daid a cheann ag aontú léi.

"Tá sé seo chomh cineálta uait. Ní raibh mórán spraoi ag na cailíní le déanaí. Tá mé an-bhuíoch díbh."

Bhí mé féin agus Pingin buíoch freisin.

Thiomáin Mr Harris muid go dtí an baile. Bhí greim láimhe ag Amanda ar mo lámhsa agus bhí greim láimhe ag Mr Harris ar lámh Phingin agus muid ag siúl ón gcarr go dtí na siopaí. Bhí na fuinneoga go léir lán de shoilse agus de bhronntanais Nollag. Leanamar ag stopadh chun féachaint ar na rudaí éagsúla. Nuair a thángamar go dtí an siopa ina raibh Daidí na Nollag ag feitheamh ina phluais, chonaiceamar bréagáin iontacha. Chonaic mé bábóg a raibh gruaig bhuí uirthi agus súile gorma aici agus a bhí beagáinín cosúil le Amanda. Ba í an bhábóg ba dheise a chonaic mé riamh.

Chuir mé mo lámh ar a cuid gruaige.

"Is álainn an bhábóg í," arsa Mr Harris.

"Tá sí chomh gleoite," arsa mise. "Tá sí cosúil le Amanda."

D'aontaigh sé agus rinne Amanda gáire.

Chonaic Pingin áirc ina raibh ainmhithe beaga bídeacha agus Naoi agus éin bheaga.

B'éigean duit an áirc a thógáil ó phíosaí beaga a ghreamú dá chéile.

Agus ansin chuamar chun Daidí na Nollag a fheiceáil.

Shuigh Pingin ar a ghlúin agus dúirt sé léi, "Cad ba mhaith leat don Nollaig?"

D'inis sí dó faoin áirc agus dúirt sé go bhfeicfeadh sé cad a d'fhéadfadh sé a dhéanamh.

Ansin d'fhiafraigh sé díom cad ba mhaith liomsa. Theastaigh uaim a insint dó faoin mbábóg a bhí cosúil le Amanda ach go tobann smaoinigh mé ar Bruno agus Mam agus Daid agus an ailse agus an brón go léir le linn na míonna beaga anuas.

"An bhféadfá mo dheartháir a leigheas?" a d'fhiafraigh mé de Dhaidí na Nollag.

Lig sé le Pingin sleamhnú síos óna ghlúin agus lig sé liom suí ann ina háit. Bhí féasóg bhán mhór agus malaí bána air. Bhí meangadh gáire an-deas air.

"Cad is ainm duit?" a d'fhiafraigh sé díom.

"Is mise Susie," a d'inis mé dó.

"Agus an iad seo do thuismitheoirí?" a d'fhiafraigh sé, ag féachaint ar Mr Harris agus Amanda.

Chroith mé mo cheann.

"Tá Mam agus Daid san ospidéal le mo dheartháir," arsa mise.

"Tá sé ann le trí mhí," arsa Pingin.

"Is tamall fada é trí mhí," arsa Daidí na Nollag.

"Tá sé níos mó ná sin i ndáiríre," arsa mise. "Is trí mhí, coicís agus ceithre lá atá ann."

Sméid Daidí na Nollag ag aontú liom. Cheap mé go raibh a fhios aige gurbh am an-fhada é sin. Le linn an ama sin go léir ní raibh Bruno feicthe agamsa ná ag Pingin. Ní raibh cead againn é a fheiceáil mar gheall ar ionfhabhtuithe.

Dúirt Daid linn go mbeadh an t-ionfhabhtú go han-dona do Bruno.

"Tá a chuid cealla bána ag troid lena chuid cealla dearga," a d'inis mé do Dhaidí na Nollag. "Níl mé cinnte cé acu atá ag buachan."

Ba mhinic a smaoinigh mé ar Bruno an lá sin san fharraige agus an chaoi nach raibh sé ábalta troid in éadan na dtonnta. Bhí mé an-bhuartha nach mbeadh sé ábalta troid in éadan na gceall bán.

"Tá roinnt bronntanas nach féidir liom a thabhairt i gcónaí," arsa Daidí na Nollag.

Bhí cuma imníoch ar Phingin. Chuir sí a lámh ar ghlúin eile Dhaidí na Nollag.

"An ndéanfá iarracht?" a d'fhiafraigh sí.

"Déanfaidh mé iarracht," ar seisean.

Dúirt Mr Harris, "Táimid ag súil go mbeidh Bruno sa bhaile le haghaidh na Nollag."

Sméid Daidí na Nollag a cheann. "Is cailíní an-mhaith sibh," ar seisean liomsa agus le Pingin.

Tar éis dúinn Daidí na Nollag a fhágáil, thug Mr Harris agus Amanda chun lóin muid. Bhí an anraith ba dheise agamsa agus ag Pingin agus bhí boladh an aráin chomh maith lena bhlas. Ansin, dúirt Amanda go rachaimis abhaile ar an mbus mar go raibh rud éigin le déanamh ag Mr Harris ar an mbaile.

Bhí sé an-fhuar agus muid ag siúl go dtí stad an bhus agus thug Amanda muid isteach i siopa agus cheannaigh sí lámhainní agus scairfeanna agus hataí olla dúinn. Roghnaigh Pingin ceann bándearg. Cinn bhána a bhí agam.

"An bhfuil tú cinnte?" a d'fhiafraigh mé d'Amanda. Ní raibh mé cinnte gur mhaith le Mam agus Daid go dtógfaimis rudaí mar seo.

"Cinnte faoi cad é?" a d'fhiafraigh Amanda.

"Faoi na rudaí seo a cheannach," a dúirt mé ag cur mo láimhe ar mo hata.

"Is bronntanas luath Nollag é," arsa Amanda. "I mo theaghlach tugaimid bronntanais na Nollag go luath i gcónaí."

Bhí sin go maith, mar sin, ghabh mé féin agus Pingin buíochas léi. Ghearr bean an tsiopa na praghaslipéid agus chuir mé féin agus Pingin ár hataí agus ár scairfeanna nua orainn. Bhí cuma chomh dathúil ar Phingin lena cuid gruaige ag lúbadh amach faoina hata agus thug Amanda póg don bheirt againn. "Is sibhse na páistí is fearr dár casadh orm riamh," ar sise. Bhí deora lena súile. Níl a fhios agam cén fáth. Mhothaigh mé féin agus Pingin go raibh an t-ádh dearg orainn. Bhí meangadh gáire ar Phingin agus bhí cuma uirthi nach raibh sí buartha ar chor ar bith.

Ar an mbus abhaile smaoinigh mé ar cé chomh deas agus a bhí Mr Harris agus Amanda.

Dúirt mé le Amanda, "Go raibh maith agat as muid a thabhairt isteach sa bhaile, Amanda. Tá tú féin agus Mr Harris chomh cineálta domsa agus do Phingin."

"Is deas an rud é a bheith cineálta," arsa Amanda. "Is breá linn a bheith ag déanamh rudaí daoibh. Tugann sé sásamh dúinn. Níl aon pháistí againn, mar sin is aoibhinn linn sibh a thabhairt chun Daidí na Nollag a fheiceáil."

Ach bhí níos mó i gceist agam ná muid a tabhairt chun Daidí na Nollag a fheiceáil. Bhí an rud go léir i gceist agam; an lón, na hataí olla agus an leaba do Bruno. Agus lig sí domsa agus do Phingin an Nollaig a bhlaiseadh sa tslí ar bhlaiseamar í díreach anois. Is éard a bhí i gceist agam an tslí inar chuir sí meangadh gáire ar Phingin agus gur rug sí ar ár lámha agus go raibh sí féin agus Mr Harris tar éis athrú a dhéanamh ar na laethanta dorcha sin.

An oíche sin, chuidigh siad linn an crann Nollag a chur suas. Ansin, chuir Daid agus Mr Harris an leaba le chéile. Bhí cuma álainn chairdiúil ar an seomra suí agus bhí a fhios agam go mbeadh áthas ar Bruno nuair a thiocfadh sé abhaile.

A Sé

Tháinig Bruno abhaile Oíche Nollag. Bhí cóta agus hata air agus bhí blaincéad timpeall air. Bhí mé féin agus Pingin ag féachaint amach ó fhuinneog an tseomra leapa.

Chuidigh Mam agus Dad leis teacht amach ón gcarr. D'iarr Daid orainn fanacht sa seomra leapa go dtí go dtiocfadh leo Bruno a thabhairt isteach sa teach.

Bhí greim láimhe agam féin agus ag Pingin ar a chéile. D'fhanamar go dtí gur tháinig Mam agus go ndúirt sí gurbh fhéidir linn teacht isteach chun Bruno a fheiceáil.

Chuamar isteach sa seomra suí, áit a raibh cuma ghleoite ar an gcrann Nollag. Bhí duine éigin i leaba mhuintir Harris. D'fhéach an bheirt againn ar an duine. Ansin d'fhéachamar arís. Ansin go tobann shuigh Pingin ar an urlár agus níor bhog sí.

Ba é Bruno an duine a bhí sa leaba. Ní raibh aon mhalaí air nó aon ghruaig ar a cheann, ach ba é Bruno a bhí ann. Bhí mé beagnach cinnte. Chuaigh mé níos gaire agus d'fhéach mé air.

"Há," arsa an duine sa leaba.

Bruno a bhí ann. Dúirt Bruno "há" i gcónaí.

Níor bhog Pingin fós ón urlár ar a raibh sí ina suí agus a béal ar leathadh.

Chuaigh mé níos gaire dó agus dúirt mé, "Haigh Bruno."

Dúirt Bruno "há" arís.

D'éirigh Pingin den urlár agus tháinig sí anonn freisin.

"Haigh Bruno," ar sise. Bhí a guth an-lag. Thiocfadh liom a fheiceáil nach raibh sí lánchinnte arbh é Bruno a bhí ann.

"Tá áthas orainn go bhfuil tú sa bhaile Bruno," arsa mise, go daingean, ionas go mbeadh a fhios ag Bruno go raibh sé ceart go leor.

"Féach, chuireamar suas an crann," arsa mise chun deis a thabhairt do Phingin smaoineamh ar rud éigin le rá.

"Há," arsa Bruno arís. "Tá cuma iontach air."

"An féidir liom mo lámh a chur ar do cheann?" arsa Pingin.

"Is féidir," arsa Bruno.

"Níl aon ghruaig ort," arsa Pingin. Bhí mé beagnach cinnte go raibh a fhios sin ag Bruno. Chuimil sí a cheann.

"Airíonn sé go deas agus go mín," arsa Pingin.

"Fásfaidh sé arís i gceann tamaill," arsa Bruno léi. "Thit sé go léir amach mar gheall ar an leigheas a bhí orm a thógáil."

"An raibh tú an-tinn?" a d'fhiafraigh Pingin.

"Bhí," arsa Bruno. "Ach tá mé beagnach ar mo sheanléim anois."

Ansin, dhún sé a shúile go tobann agus thit sé ina chodladh.

Bhí gloine fíona ag Daid agus Mam os comhair na tine in aice leis an gcrann Nollag.

Shuigh mé féin agus Pingin in éineacht leo ar feadh tamaill agus ansin chuamar a luí.

Tháinig Mam chun muid a chlutharú sa leaba.

"Tá áthas orm go bhfuil tú sa bhaile," arsa Pingin.

Ní fhacamar Mam ach deich n-uaire nó mar sin ó chuaigh Bruno go dtí an t-ospidéal. Bhí sé chomh deas go raibh sí ar ais. Bhí cuma níos sona uirthi ná mar a bhí le fada an lá.

"Is breá an rud a bheith sa bhaile," ar sise.

Ba bhreá é. Bhí sé go maith go raibh sí féin agus Bruno sa bhaile. Bhí sé go maith go raibh sí ábalta meangadh gáire a dhéanamh linn.

Ní raibh a fhios agam cad é an chéad rud eile a rachadh in aimhréidh.

Bhí a fhios agam nach mbeadh aon bhronntanais Nollag ann toisc nach raibh aon am ag Daid ná ag Mam. Dúirt siad gurb é ár mbronntanas Nollag go raibh an teaghlach ar ais le chéile. Cheap mé gur bhronntanas sách maith é sin.

Ach tháing Daidí na Nollag.

Nuair a d'éiríomar ar maidin agus nuair a chuamar isteach chun Bruno a fheiceáil bhí bronntanais ó Dhaidí na Nollag faoin gcrann.

Mise, Pingin Agus Bruno

Fuair Pingin an áirc a chonaic sí i siopa an bhaile. Fuair Bruno éide Spiderman.

Fuair mise an bhábóg álainn a bhí cosúil le Amanda. Bhí leabhair agus seacláidí agus gach cineál rud deas ann.

"Ó, tá Daidí na Nollag go hiontach," arsa Pingin, agus a teanga bheag amuigh aici le háthas.

"Tá Daidí na Nollag an-mhaith," arsa Mam.

"Tá fíormhaitheas amuigh ansin," arsa Daid agus greim láimhe aige ar Mham.

Bhí Bruno ina shuí suas sa leaba agus bhí cuma níos fearr air.

Thaitin mo bhábóg go mór liom. Mandy an t-ainm a thug mé uirthi agus chíor mé a cuid gruaige. D'athraigh mé a cuid éadaí.

Bhí mála beag aici agus istigh ann bhí dhá ghúna eile agus fáiscíní dá cuid gruaige agus gach cineál ruda amhail stocaí agus bróga agus hata. Ba í an bhábóg ba dheise dá bhfaca mé riamh. Agus ba liomsa í.

Rinne mé leaba di le bosca bróg agus chuir mé mo scairf olla bhán isteach ann. Ansin chuir mé Mandy isteach ann. Nuair a bhí sí ina luí, dhún a súile. Nuair a bhí sí ina suí suas, d'oscail siad.

Bhí sí beagán ar nós Bruno. Gach uair a luigh sé síos ar a philiúr dhún sé a shúile. Nuair a shuigh sé suas bhí a shúile oscailte. Nuair a bhí cuma thuirseach air, chuaigh Mam anonn chuige agus chuidigh sí leis luí siar ar an bpiliúr. Rinne mé amhlaidh le Mandy. Thug mé póg di agus chuimil mé í. Bhí mé an-tugtha lena gruaig bhuí.

Ní raibh aon chuma ar cheann Bruno go raibh aon ghruaig ag fás fós. Bhí mé ag fiafraí díom féin cathain a d'fhásfadh sí ar ais.

Oíche Nollag tar éis dúinn go léir dul a luí, ní raibh mé ábalta dul a chodladh.

Bhí mé ag smaoineamh conas a mhothaigh Bruno, mar sin, chinn mé go rachainn isteach sa seomra suí.

Bhí sé ina luí ansin sa leaba nua agus bhí sé ag féachaint ar an gcrann Nollag. Bhí an tine beagnach marbh agus bhí an sciath os a comhair.

"Haigh," arsa mise leis.

"Há," a d'fhreagair sé.

"Cad atá á dhéanamh agat?" a d'fhiafraigh mé de.

"Faic," ar sé. "Níl mé ach ag féachaint uaim."

"Tá an crann go hálainn, nach bhfuil?" arsa mise. "Chuidigh Amanda agus Mr Harris é a chur suas."

"Tá a fhios agam," ar seisean. "D'inis Daid agus Mam dom."

"An cuimhin leat Mr Harris?" a d'fhiafraigh mé de Bruno.

"Ní cuimhin," ar seisean.

"Is é an fear a shábháil tú san fharraige."

"Shábháil tusa mé, a Susie," arsa Bruno.

"Níor shábháil i ndáiríre," a dúirt mé leis. "Ní raibh mé láidir go leor. Ní raibh mé ábalta ach tú a thabhairt fad áirithe."

"B'fhada go leor é," ar seisean. "Nuair a bhí mé an-tinn san ospidéal, shíl mé uair amháin gur trua gur shábháil tú mé. Ach anois nach mé atá sásta go ndearna tú é."

Is ait mar a dhéanann tú dearmad ar rudaí. Is cuimhin liom go raibh mé trína chéile nuair a sháigh Bruno an scian i mo lámh. Agus is cuimhin liom a bheith an-fheargach nuair a loit sé mo ghúna úllghlas agus mo chíste seacláide álainn. Ach ní raibh mé ábalta a bheith chomh trína chéile nó chomh feargach níos mó agus a bhí mé cheana. Bhí deireadh leis. Níl ann ach go raibh áthas orm go raibh Bruno sa bhaile agus go raibh sé ábalta an crann Nollag agus an tine a fheiceáil agus go raibh beagán den dinnéar Nollag ite aige.

"Haigh, a Susie," arsa Bruno.

"Cad atá uait?" a d'fhiafraigh mé de. Bhí mé ar mo ghlúine ar an urlár in aice na tine mar bhí sé ag éirí fuar sa seomra.

"An léifeá dom?" a d'iarr sé.

Bhí ionadh an domhain orm. Níor lorg Bruno rudaí mar sin riamh. Fuair mé ceann dá leabhair agus shuigh mé gar don chrann, áit a raibh dóthain solais. Thosaigh mé ag léamh os ard.

Léigh mé go dtí gur thit sé ina chodladh. Ansin, léigh mé tamall beag eile ar eagla nach raibh sé ina chodladh i ndáiríre. Ach ansin d'fhéadfainn a análú a chloisteáil. Bhí sé ag análú go ciúin cothrom, agus bhí a fhios agam go raibh Bruno ina chodladh go cinnte.

Chuaigh mé a luí arís. Bhí mé an-fhuar.

A Seacht

Gach oíche ina dhiaidh sin nuair a bhí Mam, Daid agus Pingin ina gcodladh, chuaigh mé isteach chuig Bruno agus léigh mé dó.

Oíche amháin le linn dom a bheith ag léamh dó, dúirt Bruno, "Ba bhreá liom dá bhfásfadh mo chuid gruaige arís."

D'fhéach mé air. "Dúirt Daid go bhfásfaidh sé ar ais go luath," arsa mise.

"Tá a fhios agam. Ach tá mé sásta nach bhfuil mé ag dul ar ais ar scoil fós," arsa Bruno. "Tá a fhios agam go bpiocfaí orm."

"Toisc nach bhfuil gruaig ort?" a d'fhiafraigh mé de.

Ba ghránna é, dar liom, go mbeadh aon duine ag magadh faoi Bruno toisc nach raibh gruaig air.

"Sea," ar seisean, ag cuimilt a chinn.

Tar éis dó dul a chodladh shuigh mé ansin ag féachaint air. Bhí mé ag smaoineamh nach bhfuil an saol an-chothrom i gcónaí. Cé go raibh Bruno tar éis a bheith gránna liomsa san am a chuaigh thart, ní dhearna sé aon rud riamh chun é seo a bheith tuilte aige.

Mhúch mé an solas agus chuaigh mé chun Mandy a fháil.

Thug mé go dtí an seomra folctha í agus bhearr mé a cuid gruaige go léir di le rásúr Dhaid. Ansin, ghearr mé a cuid fabhraí. Ní raibh aon fhabhraí uirthi i ndáiríre. Bhí siad péinteáilte ar a haghaidh.

Ansin chuaigh mé a luí.

Nuair a dhúisigh mé bhí dearmad déanta agam ar an rud a rinne mé. An Domhnach a bhí ann agus bhí Mr Harris agus Amanda ag teacht chugainn chun lóin.

Rug siad barróg orm agus ar Phingin. Ansin chuaigh siad chun labhairt le Bruno.

"Tá an-áthas orainn bualadh leat, a Bruno," arsa Mr Harris, ag croitheadh lámh leis.

"Tá sé go deas go bhfuil tú sa bhaile faoi dheireadh." arsa Amanda.

Dúirt Bruno, "Há." Ansin dúirt sé, "Fuair mé éide Spiderman don Nollaig."

"Agus fuair mise áirc," arsa Pingin. Bhí áirc Phingin ar an urlár, agus bhí na hainmhithe beaga bídeacha go léir i bpéirí os a comhair. Bhí Naoi agus a bhean chéile ina seasamh ar dheic na háirce.

"Agus cad a fuair tusa, a Susie?" a d'fhiafraigh Mr Harris díom.

"Tabhair do bhábóg isteach," a dúirt Mam liom.

Agus mé ag siúl go dtí an seomra codlata chuimhnigh mé ar an rud a rinne mé do Mandy le linn na hoíche. D'ardaigh mé í as an mbosca bróg agus rug mé barróg uirthi. Ní raibh a fhios agam cad a dhéanfainn. Dá mbéarfainn isteach í d'fheicfeadh siad cad a bhí déanta agam. Bhí a gúna gorm agus a stocaí bána uirthi. Chuir mé uirthu a bróga beaga dubha, agus chuir mé a hata ar a ceann. Agus an hata uirthi, bhí cuma beagnach foirfe uirthi. Bhí mé ag súil nach dtabharfadh siad faoi deara nach raibh aon fhabhraí uirthi.

Níor theastaigh uaim í a thabhairt ar ais go dtí an seomra suí. Níor bhraith mé go maith faoi. Shiúil mé go hanmhall. Nuair a thug mé isteach í bhí gach duine ag ól dí agus bhí Bruno ag gáire faoi rud éigin. Bhí Pingin ina luí ar an urlár lena háirc.

Sheas mé sa doras ag súil nach bhfeicfeadh aon duine mise agus Mandy.

"Tar isteach," arsa Mam. "Taispeáin do John agus Amanda cad a thug Daidí na Nollag duit."

Tháinig mé isteach go mall, ag iarraidh meangadh gáire a choimeád ar m'aghaidh. Rug mé barróg mhór ar Mandy ionas nach bhfeicfeadh siad í i ndáiríre.

"Is aoibhinn liom í," arsa mise, ag breith barróg dhocht uirthi.

"Taispeáin í dóibh," arsa Mam arís.

Ní raibh an dara rogha agam. B'éigean dom ligean dóibh í a fheiceáil beagán.

"Tá sí ina chodladh," arsa mise, á coimeád ar chlár a droma í ionas go bhfanfadh a súile dúnta. Bhí cuma níos measa uirthi sa tslí sin. Dá bharr sin chuir mé ina seasamh í agus d'oscail a súile.

D'fhéach Mam níos gaire. "Lig dom í a fheiceáil," ar sise. Thóg sí Mandy uaim agus d'fhéach sí ar a haghaidh. Ansin bhain sí an hata di agus stán sí uirthi le teann uafáis.

"A Susie, cad atá déanta agat?" a d'fhiafraigh sí díom.

Bhí fearg le brath ar a guth. "Cad atá déanta agat?" a d'fhiafraigh sí díom arís.

Ní raibh a fhios agam cad a déarfainn. Ní fhéadfainn a mhíniú di cén fáth a ndearna mé é. D'oscail agus dhún mo bhéal ach ní fhéadfainn smaoineamh ar aon fhocal amháin fiú a rá.

"A Susie, conas a d'fhéadfá?" arsa Mam. Bhí fearg an domhain uirthi anois. "Conas a d'fhéadfá é sin a dhéanamh don bhábóg a thug Mr Harris agus Amanda duit?"

"Thug Daidí na Nollag dom é," arsa mise. Bhí mé ar tí gol a dhéanamh. D'fhéadfainn na deora a bhrath le mo shúile agus bhí fuaim ait ar mo ghuth.

"Téigh go dtí do sheomra láithreach," arsa Mam.

Bhí na deora go flúirseach liom. Sciob mé Mandy ó Mham agus rith mé ar ais go dtí mo sheomra agus chaoin mé uisce mo chinn.

Chaoin mé mar nach raibh aon rud mar an gcéanna níos mo. Chaoin mé toisc gur bheag nach bhfuair Bruno bás san fharraige agus ansin toisc go ndeachaigh sé ar shiúl go dtí an t-ospidéal. Chaoin mé mar go raibh mé féin agus Pingin inár n-aonar i gcónaí. Chaoin mé mar go raibh ocras orainn uaireanta agus go ndearna Mrs Bird Nest dearmad bia a thabhairt dúinn. Chaoin mé toisc gur bhraith mé nach raibh aon ghrá ag aon duine dom a thuilleadh. Agus chaoin mé ar son Mandy. Bhí grá mór agam di agus bhí mé tar éis a cuid gruaige a bhearradh.

Go tobann bhraith mé go raibh duine éigin ina shuí ar an leaba in aice liom. Amanda a bhí ann agus thóg sí suas ina baclainn mé.

"Tá sé ceart go leor," a dúirt sí i gcogar. "Tá sé ceart go leor anois, a Susie. Ná bí ag caoineadh."

B'éigean dom stad den chaoineadh mar go raibh sí ag caint chomh híseal sin.

"Níl a fhios agam cén fáth a ndearna mé é," arsa mise léi. Bhí mé fós ag snagaireacht beagán. "Nuair a rinne mé é, bhí cúis agam, ach i ndáiríre ní cuimhin liom."

"An raibh sé mar gheall ar Bruno?" a d'fhiafraigh sí díom. Sméid mé mo cheann.

"Dúirt sé liom go raibh áthas air nach raibh sé ag dul ar ais ar scoil mar nach raibh aon ghruaig air agus go bpiocfaí air," arsa mise.

D'éist Amanda liom.

"Mheas mé dá mbearrfainn gruaig Mandy d'fheicfeadh sé go raibh grá agam di fós féin. D'fheicfeadh sé gurbh í mo bhábóg álainn fós féin í fiú mura mbeadh gruaig uirthi. Ní dhearna mé é chun Mandy a ghortú. Tá grá agam di."

"Tuigim," arsa Amanda liom. Bhí sí ag cuimilt mo chuid gruaige. Ansin ghlan sí m'aghaidh agus phóg sí m'éadan. "Anois glanaimis na deora," ar sí. "Beidh gach rud ceart go leor."

Nuair a stop mé den chaoineadh go cinnte, chíor Amanda mo chuid gruaige. Ghlan sí m'aghaidh agus dúirt sí liom arís go mbeadh gach rud ceart go leor.

Rug sí greim ar mo lámh agus chuamar ar thóir Mam agus Daid. Bhí siad sa chistin le Mr Harris.

"Tá rud éigin le hinsint daoibh ag Susie," arsa Amanda.

An raibh rud le rá agam? Ní raibh mé ábalta smaoineamh ar cad a bhí i gceist aici.

"Ar aghaidh leat, a Susie," arsa Amanda. "Ba mhaith liom dá n-inseofá dóibh na rudaí a d'inis tú dom."

D'fhéach mé uirthi. D'fhéach mé ar Mham a raibh cuma chrosta uirthi. D'fhéach mé ar Dhaid a raibh cuma éiginnte air. D'fhéach mé ar Mr Harris agus rinne sé meangadh gáire séimh liom. Choimeád Amanda a lámh ar mo ghualainn. Bhí a lámh láidir agus bhraith mé sábháilte.

Ní raibh mé ábalta smaoineamh ar cad a déarfainn. Bhí cuma amaideach ar an rud go léir.

"Inis dóibh an fáth ar bhearr tú ceann Mandy," arsa Amanda. "Inis dóibh an rud a dúirt Bruno."

Tharraing mé anáil dhomhain.

"Dúirt Bruno liom go raibh eagla air go bpiocfaí air toisc gur chaill sé a chuid gruaige ar fad. Mheas mé dá mbeadh sé ábalta a fheiceáil go raibh grá agam fós do Mandy gan ghruaig ansin, nach mothódh sé chomh dona."

An méid a dúirt mé bhí sé amaideach. Mhothaigh mé amaideach. Bhí na deora ag sileadh le grua Mham.

"Cathain a dúirt sé é sin?" a d'fhiafraigh sí.

Ní raibh sé i gceist agam í a chur ag caoineadh.

"Le linn na hoíche agus mé ag léamh dó," arsa mise.

Rug Daid barróg ar Mham.

Chuimil Mr Harris mo cheann.

Ansin tháinig Mam anonn agus chuir sí a lámha timpeall orm.

"Ó, a Susie," ar sise. "Tá brón orm go raibh fearg orm leat. Níor thuig mé."

Ansin thosaigh mé ag caoineadh arís. Rug Daid barróg ar an mbeirt againn.

Nuair a stadamar ar bharróg a bhreith ar a chéile agus nuair a stadamar ag caoineadh, thug mé faoi deara go raibh Mr Harris agus Amanda imithe.

Nuair a chuamar ar ais go dtí an seomra suí, bhí siad ann le Bruno agus Pingin.

A hOcht

"Bhí smaoineamh agam féin agus ag John," arsa Amanda.

Sméid Mr Harris a cheann ag aontú. Bhí mé ag fiafraí díom féin cén smaoineamh a bhí acu.

"Nuair a rachaidh Susie agus Pingin ar ais ar scoil, mheasamar go mb'fhéidir gurbh féidir linn iad a bhailiú gach lá go dtí go mbeidh biseach iomlán ar Bruno. Thabharfadh sé sin níos mó ama daoibh le Bruno," a dúirt Amanda le Mam.

"D'fhéadfadh siad teacht ar ais go dtí ár dteach chun a gcuid obair bhaile a dhéanamh."

"Ó," arsa Mam. "Is cineálta é sin uaibh."

Ní raibh mé cinnte ar aontaigh sí nó nár aontaigh sí.

"Dhéanfadh sé sin an saol níos éasca dúinn," arsa Daid go mall. "Is an-deas é seo uaibh."

"Beidh Bruno ag dul isteach san ospidéal agus ag teacht amach arís ar feadh cúpla seachtain," arsa Mam. D'fhéadfainn a fheiceáil go raibh sí ag smaoineamh ar an tairiscint a bhí déanta ag Mr Harris agus ag Amanda.

"Bheimis sásta ligean dóibh fanacht linn thar oíche nuair a bheadh sé deacair oraibh," arsa Amanda.

"An bhféadfaimis ár mbéilí a ithe libh?" a d'fhiafraigh Pingin díobh go dóchasach. "Déanann Mrs Bird Nest dearmad ar muid a chothú uaireanta."

"Céard seo?" arsa Daid agus iontas air. "Ní chothaíonn sí sibh? Mrs Bird? Ach íocaim í chun aire a thabhairt daoibh agus chun sibh a chothú."

"Déanann sí dearmad," arsa mise.

"Cén fáth nár inis tú dom?" arsa Daid.

"Níor theastaigh uainn imní a chur ort," arsa mise.

"Dúirt tú linn gan imní a chur ort," arsa Pingin. "Dúirt tú go raibh dóthain fadhbanna agaibh agus Bruno a bheith tinn."

Chroith Daid a cheann.

"Baineann sin siar asam," ar seisean. "D'íoc mé Mrs Bird chun aire a thabhairt daoibh."

"Bhuel, má ligeann tú dúinn aire a thabhairt do Susie agus do Phingin ní gá duit a bheith buartha," arsa Mr Harris. "Ní dhéanfaimis dearmad ar iad a chothú."

"Le do thoil, a Mham," arsa mise.

"Le do thoil a Mham," arsa Pingin.
Dúirt Bruno "Há."
D'aontaigh Mam agus Daid.

An oíche sin d'éirigh mé nuair a bhí gach duine ina gcodladh, agus chuaigh mé isteach chuig Bruno. Bhí sé ina luí ansin ag féachaint ar an gcrann. Fuair mé leabhar le léamh dó.

"A Susie," arsa Bruno.

"Sea," a d'fhreagair mé agus mé ag iompú na leathanach, ag iarraidh a aimsiú cén áit ar chríochnaigh mé ag léamh an oíche roimh ré.

"Cén fáth ar bhearr tú gruaig Mandy?"

"Níl a fhios agam," arsa mise agus mé ag teacht ar an áit cheart sa leabhar.

"Ní fhásfadh sé ar ais," ar seisean.

"Tá a fhios agam."

"Fásfaidh mo chuid gruaige arís," ar seisean.

Sméid mé mo cheann ag aontú leis.

"Is maith liom í le gruaig nó gan ghruaig," arsa mise. "Is í an bhábóg chéanna í. Agus is aoibhinn liom í."

"Há," arsa Bruno.

Thosaigh mé ag léamh.

Thit Bruno ina chodladh tar éis cúig nóiméad.

D'fhan mé cois na tine ar feadh tamaill.

An geimhreadh sin le linn do bhiseach a bheith ag teacht ar Bruno chaith mé féin agus Pingin ár dtráthnónta i dteach mhuintir Harris. Rinneamar ár n-obair bhaile ag bord na cistine agus rinne Amanda seacláid the dúinn. Bhí dinnéar againn leo sna tráthnónta agus ansin bhailigh Daid muid.

D'fhanamar thar oíche faoi dhó le linn do Bruno a bheith san ospidéal.

"Conas atá Bruno?" a d'fhiafraigh Mr Harris dínn tráthnóna amháin ag an dinnéar.

"Tá a chuid gruaige ag fás arís," arsa mise.

"Deir sé go mbeidh sé ina dhochtúir nuair a fhásfaidh sé suas," arsa Pingin.

"Tá sé chun leigheas a chur ar phaistí tinne," arsa mise.

"Tá mise chun a bheith i mo thréidlia," arsa Pingin. "Tá mé chun dul ag obair in áirc."

"Cad ba mhaith leatsa a dhéanamh nuair a fhásfaidh tú suas?" a d'fhiafraigh Amanda díom.

"Tá mé chun leabhair a scríobh ar nós Mr Harris," arsa mise.

"Tá sé sin go hiontach," arsa Mr Harris. "An bhfuil aon rud scríofa agat fós?"

Sméid mé mo cheann. I mo leabhar nótaí beag, áit ar scríobh mé an tslí a n-athróinn mé féin chun a bheith néata, agus deas agus maith, bhí scéal scríofa agam.

Ní raibh sé críochnaithe fós mar gur theastaigh uaim fanacht go dtí go mbeadh biseach ar Bruno.

"An féidir liom é a fheiceáil?" a d'fhiafraigh Mr Harris díom.

"Níl sé críochnaithe fós," arsa mise.

"Cad faoi a bhfuil sé?" a d'fhiafraigh Amanda díom agus í ag cur prátaí ar an mbord. Bhí iasc le hithe againn agus piseanna agus anlann álainn. Chócaráladh Amanda bia álainn agus ní raibh ocras riamh ormsa nó ar Phingin.

"Tá an leabhar fúinn féin," arsa mise. "Tá sé faoi conas a athraíonn rudaí. Tá sé faoina bheith sásta arís."

Bhí mé sásta arís. Ba í sin an fhírinne. Roimhe seo bhí an-bhrón orm. Bhí Pingin an-bhuartha. Anois ní rabhamar mar sin a thuilleadh.

Ó thosaigh biseach ag teacht ar Bruno, bhí Mam agus Daid níos sásta. Dúirt Daid gur chuir tinneas Bruno ar a shúile níos mó suilt a bhaint as an saol. Bhí sé sin fíor chomh maith.

Bhí sé féin agus Mam gnóthach fós le Bruno agus leis an ospidéal, ach nuair a bhí siad sa bhaile bhí níos mó ama acu domsa agus do Phingin.

Níor throid Bruno liom níos mó. Níor thug sé Faithne orm ach Susie. Bhíomar níos cineálta dá chéile. Uaireanta léigh mé dó déanach san oíche fós, ach bhí sé ag codladh go maith.

Chomh maith leis sin, léigh sé dó féin arís. Níor theastaigh mé uaidh mar a theastaigh agus é an-tinn.

"Nuair a bheidh do leabhar scríofa agat, ba mhaith liom é a léamh," arsa Mr Harris.

"Ba mhaith liomsa freisin," arsa Amanda.

"Cén teideal atá air?" a d'fhiafraigh Pingin díom.

Mise, Pingin Agus Bruno

Scéal triúr páistí a bhí ann agus an méid a tharla dóibh i mbliain amháin, an tslí ar athraigh a saol nuair a d'éirigh duine acu tinn agus an tslí ar fhoghlaim siad chun tacú lena chéile in ionad a bheith ag troid.

Ba scéal grá agus cineáltais é.

Mise, Pingin agus Bruno an teideal a bhí air.